U0007790

烏龍院　精彩大長篇

12

漫畫　敖幼祥

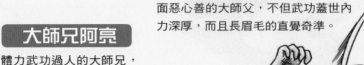

人物介紹

烏龍院師徒

長眉大師父
面惡心善的大師父，不但武功蓋世內力深厚，而且長眉毛的直覺奇準。

大師兄阿亮
體力武功過人的大師兄，最喜歡美女，平常愚魯但緊急時刻特別靈光。

烏龍小師弟
鬼靈精怪的小師弟，很受女孩子喜愛。為延續活寶生命讓「右」附身，成了內陰外陽。

大頭二師父
菩薩臉孔的大頭胖師父，笑口常開，足智多謀。

活寶「右」「左」

活寶「右」為長生不老之陰陽同株的「陰」，活寶「左」為陰陽同株中的「陽」。「右」和「左」歷經劫難，現分別附身在小師弟和沙克·陽身上。

艾飛和艾寡婦

斷雲山樂桃堂老闆艾寡婦的丈夫尋找活寶而失蹤八年，女兒艾飛曾陰錯陽差被活寶「右」附身，活寶「右」轉換宿主為小師弟後，進入休眠狀態的艾飛則遭到沙克·陽綁架。

艾迪生和大雄

艾「寡婦」的丈夫艾迪生並沒有死，祖先是守護浮屠塔的大秦五行將軍，世代守護聖物，八年前一場大地震後聖物被搶，艾迪生別無選擇，只能離鄉背井留守極樂島，伺機搶回聖物。

而艾迪生從小養大的山羊大雄，成了他與家鄉聯絡的唯一管道。

小猴與猴群

極樂島被「活寶之首」附身而具有人類智慧的小猴。教導猴群使用武器，阻撓烏龍院師徒等人尋找活寶之首的計畫。小猴究竟是如何被「活寶之首」附身的呢？

醉貓與肥肥

艾寡婦為求溫飽,曾在醉貓酒館打工賣唱賺錢。老闆醉貓以及他的寵物肥肥雖然整日醉醺醺,但其實心地善良熱心,路見不平常常拔刀相助。

有儉與狗子

煉丹師沙克‧陽的右護法有儉,心狠手辣,工於心計。奉命駐守在斷雲山下企圖攔截從極樂島回來的烏龍院師徒。其跟班「狗子」懂得變形法術,他們兩究竟會使出什麼招數呢?

變身白虎

白虎是出現在活寶第四集的五老林四小姐「櫻」的寵物,在烏龍院師徒取回木將軍封印的活寶右臂後,「櫻」留下死守五老林,而懂得變身術的白虎就變成白虎內褲跟著大師兄阿亮。

目錄

第87話

長眉帶著阿亮做先鋒

加強型攻擊棍與人肉盾牌之無敵組合

衝上塔頂！

大師父放一百個心吧！

幾隻小猴我來搞定就行啦！

吱

吱

吱喳

吱喳

五十多歲的男人幹
架還那麼有魄力，
佩服！佩服呀！

阿亮一定要青
出於藍！不能
輸給老頭子！

「快轉強棒」
熱血登場！

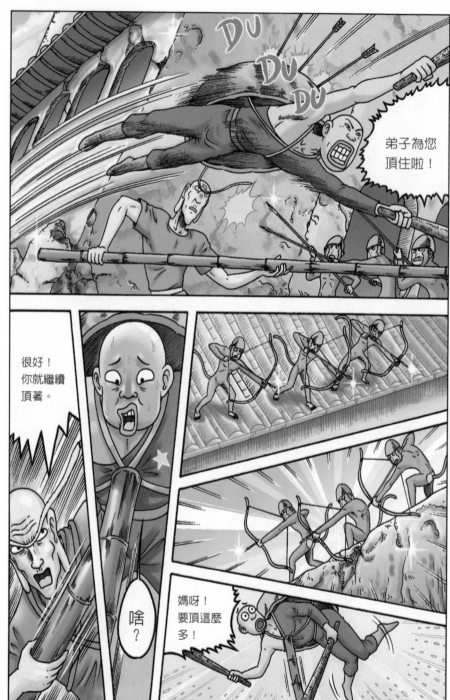

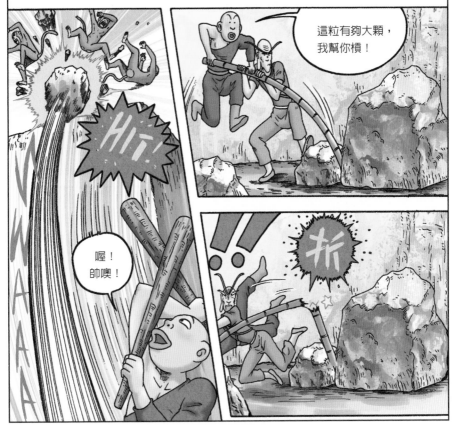

上去看看。

所有的猴子通通靜下來了……

詭異…

喂！
小女孩！
小女孩…

咦？

她的臉和身體都是毛……

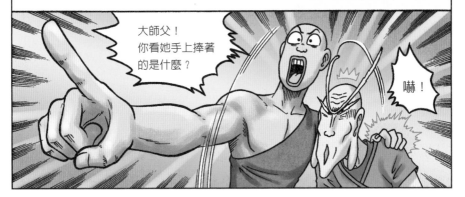

大師父！
你看她手上捧著的是什麼？

嚇！

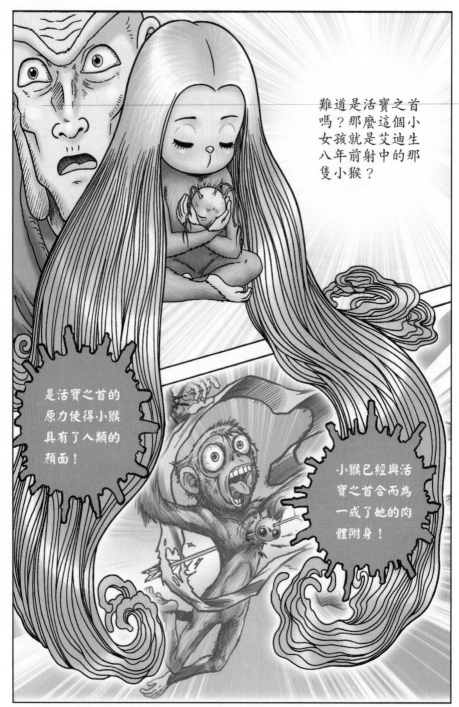

別愣著了！快點取下來走人吧！

好！

咱們還得突圍衝出去對付那群猴兵。

苦盡甘來！活寶終於能完成合體了！

小艾飛可以得救啦……

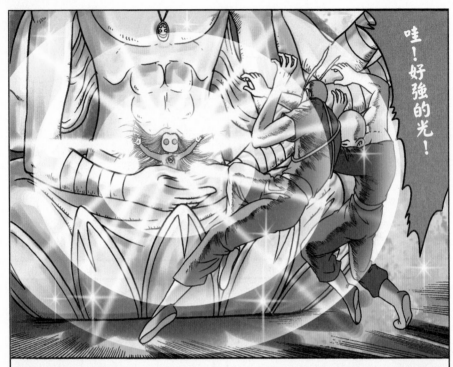

哇！好強的光！

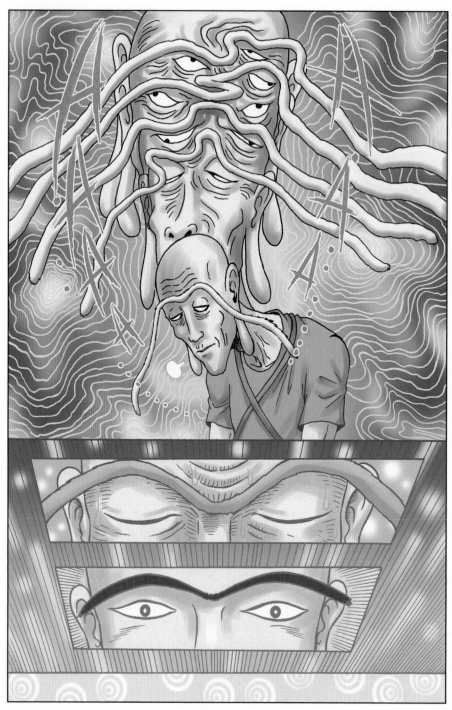

* 編註：令長眉產生忘年之愛的五老林四小姐「櫻」的故事，詳見《活寶》第四和第五集。

別動！

哎呀！

三臉幽冥女！妳有櫻的消息嗎？

黏人的蒼蠅像男生一樣揮之不去，

櫻的生命早已經灰飛煙滅！

你要見她必須先打敗鬼門武士。

為了櫻，我願意付出一切代價！

抽一個號碼牌選擇你的對戰武士！

45號

誰先倒下，就是落敗！

若是你輸了就關入鬼門！

若是你贏了就把櫻交給你。

開始對戰吧！

45號出列！

砸！

四十五號‧香蕉猛男！

JUMP！

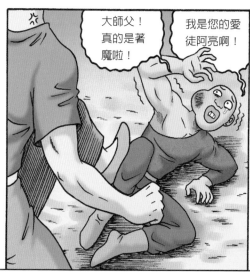

大師父！
真的是著
魔啦！

我是您的愛
徒阿亮啊！

就是你！就是你！
害我又失去了櫻！

哇！

第88話

陷阱裡外都是個意外

母猴老皺臉皮瞬間彈指可破的美白術

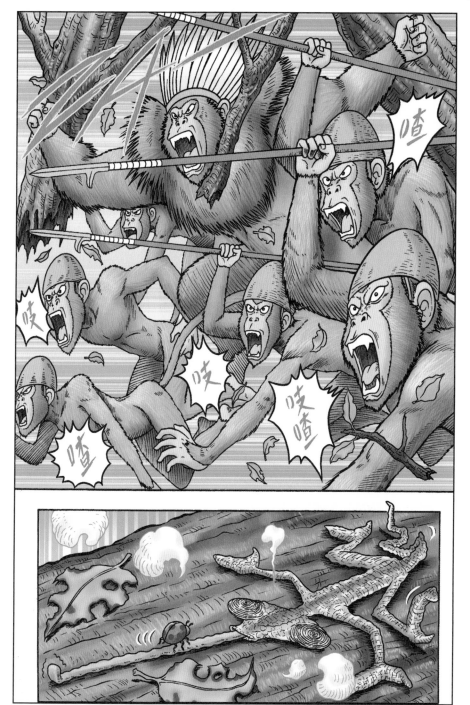

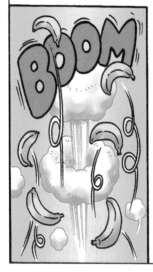

這隻受傷的就是領導牠們的母猴。

這隻母猴平常一定非常凶暴

就連牠受傷的時候，其它猴子也不敢靠近。

我要下去救牠！

頭殼壞了嗎？費了好大的勁才把牠們困住！

嗚

我就是要下去嘛！

開什麼玩笑？下面的猴群會剝了你的皮！

萬一長眉攻塔失敗，這隻母猴還有用處。

胡說！長眉很行的，一定能完成任務！

你不了解活寶之首的威力，它能控制周圍生命的思考並藉此改變他們的行為……

喂！你的小徒弟腦殘比大徒弟更嚴重！

姓艾的！你少批評我的徒弟……

哇！真的跳啦！

JUMP

小徒弟！

ROOOOOM!

顏面著地！

烏龍院的輕功這麼菜呀！

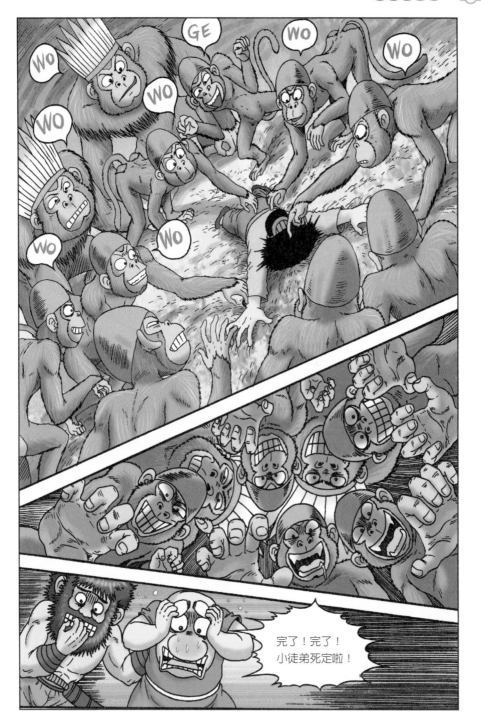

你這種肥師父怎麼會有天才徒弟？

是不是從少林寺抱來的？

胡說！

是因為活寶的原力出現了。

它融入了小徒弟慈悲的性格。

讚美呀！

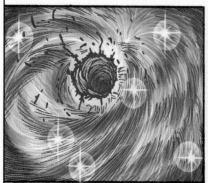

天哪！穿透的傷口竟然自動癒合了……

吱！

不可能！母猴原本老皺的臉皮瞬間變得彈指可破，滑嫩美白！

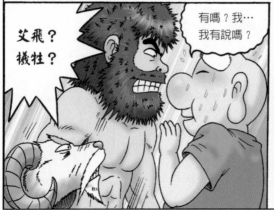

現在唯一的希望就是趕緊找到活寶之首，讓活寶合體之後，才有力量拯救艾飛的生命。

合體？

我搞明白了！原來島上的聖物就只是「活寶的頭部」。

八年了！

就在這荒島上……最後……

竟然連自己的女兒都保不住！

爸爸對不起妳！

你有什麼更好的方法？

HU

大膽地說吧！反正事情總是要解決的！

握著我的手，妳可以感覺到我的想法……

請妳了解，我必須取回妳孩子胸前那個原本屬於我的東西。

我知道妳會很傷心，但是事實上妳的孩子早就已經死了。

WV…

現在控制牠和猴群的力量就是來自牠胸前那個東西。

小毛頭在幹什麼？母猴怎麼會出現那種表情？

咩 咩 ？

噓！別吵！他們正在進行心靈上的溝通。

啥溝通呀？

咩？

請妳幫助我吧！這也能讓妳的孩子回歸到自然的生命。好嗎？

WU

HU

WUU～ AAA～ Wooo～

邪門！竟然能把畜牲搞到哭？

咩？

胖師父，牠同意幫助我們取回活寶之首。

太好了！那我們趕快去吧！

慢著！

神祕兮兮地搞什麼鬼？
你的徒弟會說猴語嗎？

他有辦法就好啦！？
別管那麼多行不行？

當然不行！

我怎麼知道你們
是不是在耍什麼
陰謀？

別那麼老實，
罵得如此坦
白。

艾先生，你
的心胸真夠
狹小，枉費
還是人類！

被一個小毛頭批
評成「心胸狹小」
「枉費當人」……

不生氣還
算是個爺
們嗎？

「不行！」

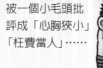

你…

算那根蔥？
敢教訓老子？

取回活寶之首拼齊全身,艾飛的身上就有一個完整的活寶了。

理論上是這樣。

噁心

POW!

我們八年的辛苦沒有白費,命運之神仍然是眷顧著艾家。

希望是如此吧!

大雄!要想辦法奪回活寶之首!

咩!

走吧!立刻重返浮屠塔!

RUN!

第89話

活寶之首原力發功

老頭子不可自拔陷入與四小姐的迷情春夢

大師父現在被活寶之首的幻覺給控制住了！難以自拔！

我得闖入他的夢境之中才能拉他出來……

行了，就是這個主意！反正再再再糟糕也就是這樣了！

幹了再說！

老頭子！

討厭！好髒的蒼蠅！

Bazz Bazz

親愛的櫻，讓我來處理。

啵

Bazz Bazz Bazz

長眉！你好體貼。

BAZZ BAZZ BAZZ BAZZ

輕輕地…

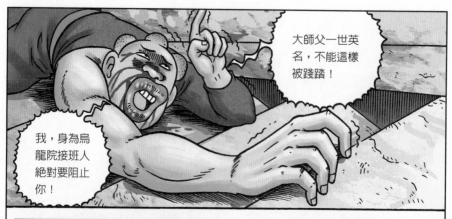

大師父一世英名,不能這樣被踐踏!

我,身為烏龍院接班人絕對要阻止你!

啵啾 啵啾

不要再過乾癮啦!

你在親空氣呀!

這完全是假像!

快停止噁心的動作!

如果被八卦周刊拍到,會是頭條大醜聞!

長眉,這條狗好煩!

汪汪汪

汪汪汪

汪汪汪

汪汪汪

人家在親熱的時候不喜歡有電燈泡!

櫻，

我前腳才離開，妳後腳就交了新歡！

難道就是這個蟑螂眉？

這個醜男是妳昔日的情郎？

他就是惡名昭彰的「虐女狂刀」癩痢豬！

竟敢叫我「蟑螂眉」？

癩痢豬！

誰？

蟑螂眉！你敢和本豬爺搶美眉？

吃了熊心豹子膽，活膩了嗎？

蟑螂眉還敢先拔劍？哼！找死！

天哪！開什麼玩笑？

最後的賤招也被活寶之首識破！

HIT EARTH

出手這麼狠，完全把我當成敵人……

看樣子今天是難逃一劫！

幹脆來個「玉石俱焚」大家一起完蛋！

噢咿…

噢咿…

哼！不堪一擊的豬！

櫻，

妳現在是屬於我的了。

長眉

啵～啾

啵啾

啵啾

啵啵

趁著他意亂情迷的時候…

破肝碎膽拳！

哎呀

蟑螂眉！
你作夢也沒想到會敗倒在豬蹄下吧！

癩痢豬！
你那丁點功力替老子搔癢都嫌弱！

謝天謝地!
你們終於趕回
來啦!

哇!腫得像發
麵糰!

這一掌打
在頭上還
得了!

長眉老番癲
是出了什麼
狀況?

咩咩

他的思考被活寶的
臭頭控制了,陷入
和櫻的春夢幻境。

喔!

啵啾!

喂!罵誰臭頭呀?
那是「活寶之
首」!

請你們
尊重我
的頭!

既然是你的
頭,快想辦
法讓長眉醒
過來!

如何破
解?

雖然是活寶的頭,但
分開一千多年,對他
有點陌生。

或許……喚醒長眉最深刻的記憶，可以破解目前所陷入的幻境。

大師父最深刻的記憶當然是我這個接班人囉！

鬼扯蛋！

長眉用情至專，他這一生之中只有一位女性能喚醒他！

胖師父…

我知道應該怎麼做了！

搬救兵嗎？來了這麼多癩痢豬。

最胖的那隻走過來了！

大鼻豬要幹啥？想挨刀子嗎？

編註：《相思夫人》的故事詳見《爆笑烏龍院1──記得當時年紀小》。

我…不認識相思夫人。

長眉，誰是相思夫人？除了我，你還愛著別的女人嗎？

CUT

我…我…我…

我的心裡只有妳，親愛的櫻。

破功啦！

啵啾

啵啾

啵啾

我就知道老頭子的內心根本就是花心大蘿蔔！

好嗯。

長眉！你令我失望呀！

你太沒有定力啦！

痛心！痛心！

相思夫人可憐哪……

噢咿

噢咿

噢咿噢咿

噢咿

大鼻子豬的嘶聲令妳不舒服嗎？櫻。

他粗魯的動作讓我發冷。

只要是妳不喜歡的東西，我就讓他消失掉！

咯

咯

咯

他的眉毛翹起來了！當心他攻擊你！

他是我的兄弟，才不會對我動手的！

安啦！

天哪！你…甩我耳光！這是嚴重的家暴！！

上天要毀滅一個人必先令其瘋狂！神啊！請您寬恕他吧！

我佛大慈大悲救苦救難，帶領著我的兄弟走向光明的彼岸……

快閃哪！胖師父！

他現在是魔鬼！你還唸什麼經？

長眉！睜開眼看著我，仁慈的光輝可以助你逼退幻象。

和惡魔打交道還講仁慈，你等著挨拳頭吧！

看不下去了…

SAAA

你還記得自己原
來的本名嗎？
錢一獨！

你就是那個囂張
跋扈不可一世的
富家公子！

你記得嗎？
你記得嗎？

你就是那個強
奪我莫老九與
相思夫人真愛
的惡男！

刺激他的記憶果
然能減弱幻象。

長眉！你還記得
最後一次見到我
老婆的時候，她
穿什麼顏色的褲
子？

狂徒！要提夠勁
的記憶！

BOQIN
BOQIN
BOQIN

閃一邊去！

要刺激大師父你太外行了。

Ａ⋯

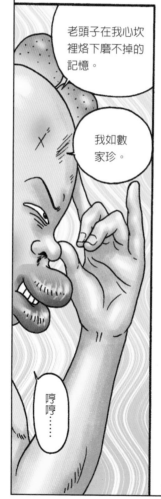

老頭子在我心坎裡烙下磨不掉的記憶。

我如數家珍。

哼哼⋯

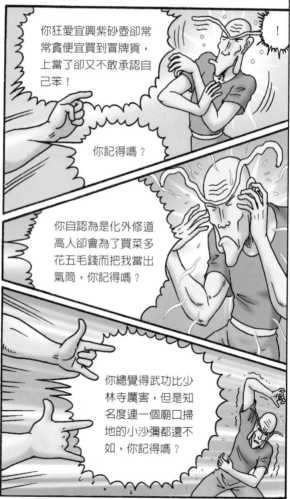

你狂愛宜興紫砂壺卻常常貪便宜買到冒牌貨，上當了卻又不敢承認自己笨！

！

你記得嗎？

你自認為是化外修道高人卻會為了買菜多花五毛錢而把我當出氣筒，你記得嗎？

你總覺得武功比少林寺厲害，但是知名度連一個廟口掃地的小沙彌都還不如，你記得嗎？

臭老頭不准我交女朋友，但是如今卻迷戀幻像裡的櫻花妖女⋯⋯

驚！

你這個老摳鬼竟然曾為了幾碗麵的錢而把櫻的遺物變身白虎給典當了！

你懂個什麼叫愛情？你記得嗎？

你還算是個男人嗎？你記得不記得呀！

對呀！變身白虎能激起他對櫻的記憶。

叫喚牠出來正是時候。

快點！

糟！

忘了！

已經當內褲穿半個月沒換咧！

嗯

白虎！醒醒喲！

啪

TOOW

第90話

艾爸困島八年為哪樁

一首苦菊戀唱得連男子漢都淚溼衣襟

啊！這是夢嗎？

一切是那麼的真實…

櫻…

喔！是誰在我做夢的時候把你們扁得這麼慘？

臭老頭。

醒了就好！別多問了唄！

大家不要驚慌。

火山島的地震是常有的現象。

只是五級小震而已。

據我的估計離火山爆發大概還有三十天。

我看你的估計太過於樂觀。

動物對天災有敏感的本能反應,大雄和小白已經嚇到不行了!

再看長眉超級準的「左跳財右跳災」眉!

他的右肩也正在狂抖中!

超靜

反應過度。 虛驚一場。 杞人憂天。

沒事啦!

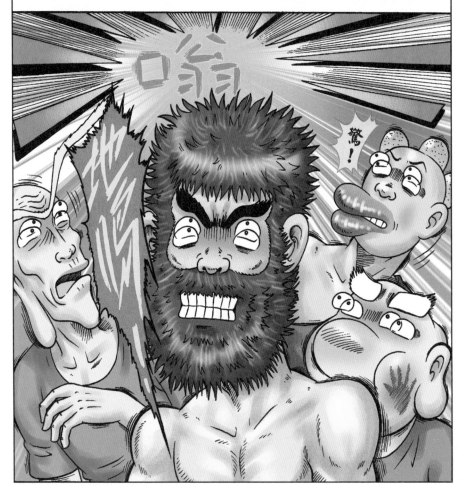

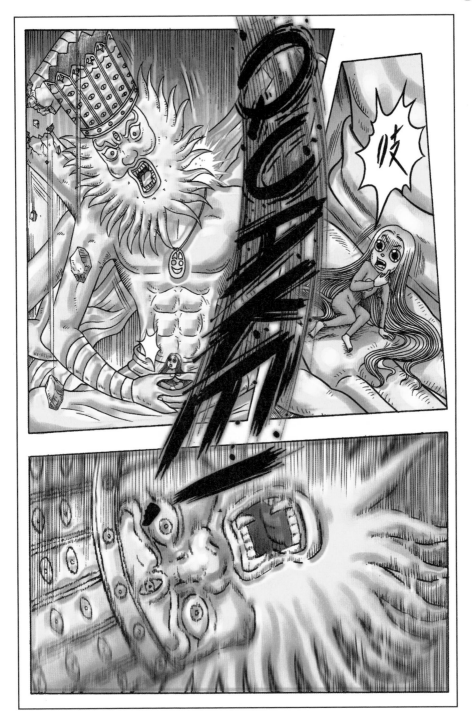

嗚哇啊！一切的希望都完蛋了呀！

喂！你也別太激動！

我能夠不激動嗎？活寶之首沒了，就救不了艾飛啦！

對噢！可憐的小艾飛…

還差這最後一步，活寶就完全拼齊了。

是啊！就只差這最後一步。

難道天意如此嗎？

嗚！

唉。

天哪！

吱

妳想要告訴我什麼事嗎？

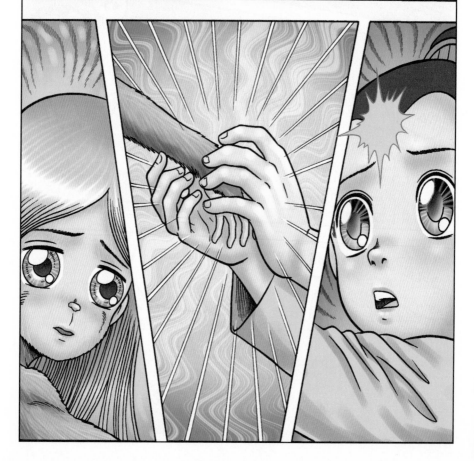

盜取活寶之首的蒙面人竟然就是艾迪生？

吱

是你用箭射殺了小猴，也意外射穿蜜蠟封存的活寶之首！

八年前是你掘開土將軍的墳墓盜取活寶之首！

原來你早就居心不良圖謀不軌？

裝什麼老實？還想來矇我們嗎？

太扯了吧！

你們會相信一個小猴子的話？

我相信活寶的話是真的！

啊！

啊！

我相信小徒弟的話是真的！

小兄弟，你絕對不會去相信一隻小猴子的話吧？

我的確有點懷疑！

但是我必須相信師父的話是真的，懂嗎？

呸！裝什麼聖人？要跟我說教？少來這套！

活寶不是屬於誰的！我為什麼不可以拿？你們管得著嗎？

要不是那隻礙事的小猴子，我早就拿去賣了，享受榮華富貴！

一個男人講這種話多無恥……

有種來偷，偷不到卻沒種回家見妻兒！

我…

小艾飛如果知道她崇拜的老爸原來是個躲在島上八年的笨賊……

她會當場氣得暈倒！

AHH~ENN

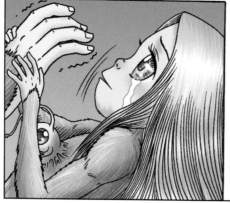

小猴竟然
示意母猴
拔出活寶
之首…

拔出來，
她會立刻
斃命的…

這是活寶還是小
猴本身的意願？

……

AWOoo

mama

唉…

大師父……

我不敢看
下去了…

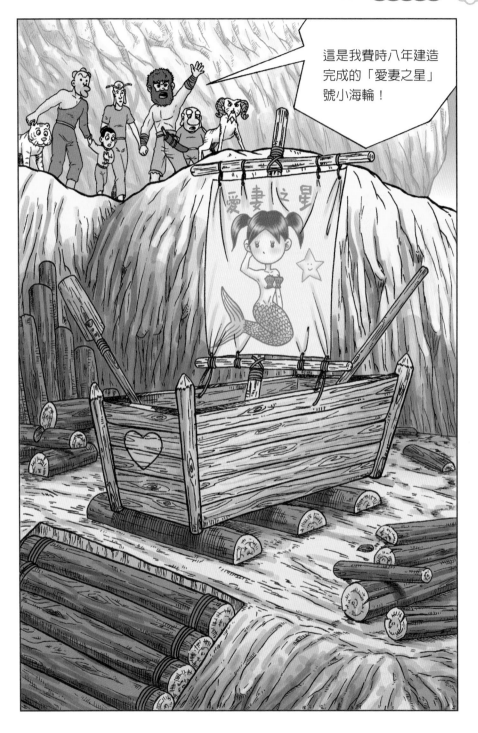

第 91 話

醉貓酒窩暗藏殺機

劫後餘生的破舟正航向危機四伏的彼岸

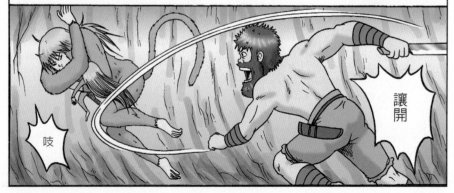

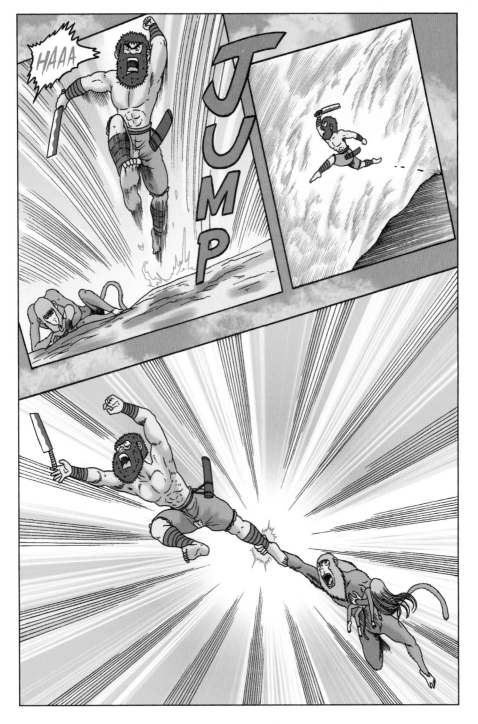

艾迪生！

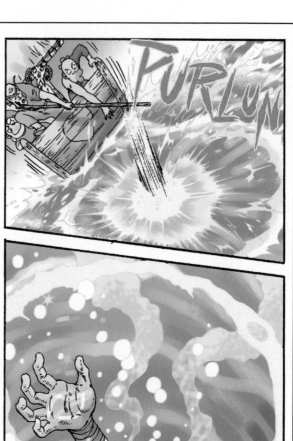

FURLUN

太完美了！酒氣竄到全身每個毛細孔裡。

噢！

你說得對！
我是急著等烏龍院的人回來，悶得發慌到這裡找酒喝。

怎麼樣？
再過來搶酒呀！

大爺是小店的尊客，哪裡敢搶您的酒。

大爺請慢用，
我去準備幾道
下酒菜！

？

肥肥，你立刻把這張紙條送去給艾寡婦。

警告他們趕快離開。

這件事很重要，你明白嗎？

汪

從後面走別讓他們看見。

WO

用力擠呀！肥肥！

嗚～

BOOO！

唉！我會不會管太多了！

剁 剁 剁 剁

醉貓變成了多事貓……

下酒菜來啦！本店特色魯味和獨家風味臘腸！

哇！我的大禹紀念酒，被喝得朝天見底一滴不剩！他又打開了一罈子極品二鍋頭！

大爺真是好酒量呀！

酒，不就是給人喝爽的嗎？

老闆叫「醉貓」想必也是個酒中能人吧！

那當然！一提到酒就來勁！

我就代表本店敬大爺一碗！

我不能多喝，還得等烏龍院的人……

兩口乾掉一罈二鍋頭還說不能多喝。

老闆你可認識烏龍院這幫人？

我…

最好別認識，因為他們就要倒大楣了！

是的！是的！咱們來喝酒唄！

第92話

變身白虎遇上變身狗子

可愛外表包裝下眼見不一定為憑

長眉，這次回去要怎麼交待？

你要交待什麼？

就是有關艾飛她老爸艾迪生的事呀！

那就把真相告訴她吧！

太殘酷啦！

告訴艾寡婦她等了八年的老公沒死！

然後再告訴她，她老公今天沉到海底也許死了……

結果會害得她一下子樂不可支！一下子痛不欲生！

老公活著！

又死了！

唉～真是命苦的艾寡婦！

說真話要比說謊困難吧！

還不都是為了你！

咩！

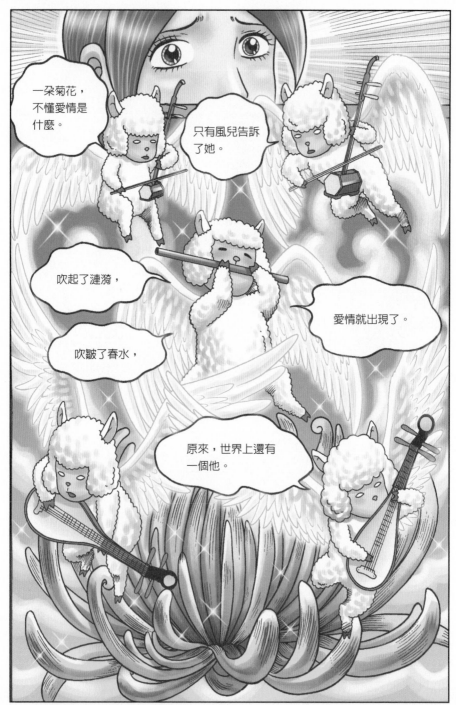

不要離開我！

我沒有要離開妳呀！

艾夫人妳終於醒啦！

DEN

不要走！

你…是誰？為什麼在我的房裡？

我是書生小張呀！

我把頭髮剪短了。

咦，

認不出來了嗎？

我還從衣櫃裡找到這件男生的衣服…

那是我老公的！

對不起！實在沒有衣服換了，因為妳發燒昏迷了兩天。

兩天？那我這睡衣是誰換的？

咳！實在太臭了，所以我就幫妳……

YO

AAAA

YO

SUCK

兩天兩夜沒吃飯了。

狂餓！

八碗還不夠…

有點飢餓吧！

SOON

SOON

DEN

突然想到…

WOO…N…E…HU LAOM…

說啥呀！誰聽得懂？

呃

明白了。

Jet

烏龍院的人回來
了嗎?我女兒艾
飛有消息嗎?

唉

真遺憾,
一點消息
都沒有…

囝

囝
囝~

奇女子!
奇女子!

愈傷心,
胃口愈好!

SOON

SOON
SOON
SOON
SOON

嗚~
艾飛~

媽媽對不起
妳…媽媽好
想妳…

彌補痛苦心
情的哀飯。

嗝～～～

打飽嗝了，心情好點沒有？

剛才起床前夢到我老公…

嗚…他…

糟！沒飯啦！

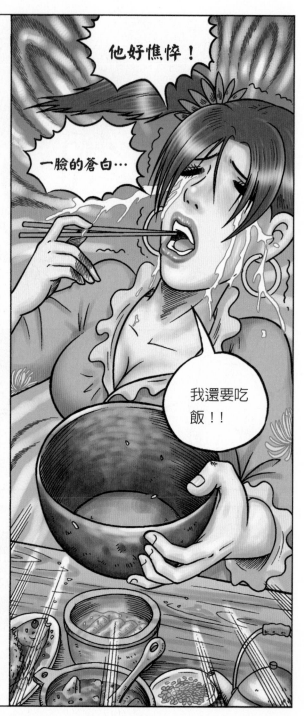

他好憔悴！

一臉的蒼白…

我還要吃飯！！

艾夫人，求求妳別再吃了！糟蹋自己的身子有什麼好處呢？

為了妳的小艾飛，請好好活下去吧！

一定是醉貓沒餵牠吃東西。

你是不是肚子餓了？

什麼玩意兒？叫我吃生地瓜？

咦？這是你最愛吃的呀！

不能露出破綻……

還是得吞下去。

啊！

慢慢吃，這裡還有很多哪！

媽呀！吞了五斤地瓜…

咦？不對勁呀！

她發現我是變身的了嗎？

我得先主動靠近他們才能套出第一手情報，

對！就利用這隻笨狗來套情報。

走吧！

我們進屋裡去。

嗯

汪

汪汪

糟！真礙事！剛才沒吃掉的羊……

咦？誰家的狗？

小羊嚇得哆嗦！

奇怪！

閉上羊嘴！當心被我啃成肉泥！

「妳們怎麼了!」

他在說什麼?

「被欺負了!」

他們在用羊話溝通!

「是誰幹的?」

口羊!

他!

大雄?

「欠揍!」

第93話

菊花落無語問蒼天

痴等空盼望君歸到頭只見嚶泣淚濕羅衫

誰呀。

KIA
HIT
PUNCH

啊!!

長眉…

妳別怕!我會狠狠修理這個色狼!

妳沒事吧!要不要把他斷手斷腳。

住手！不
要打他！

什麼？

妳千萬別同情
這種爛男人！

留在世間也
是禍害！

打扁這個垃圾！

竟然跑來這
裡欺負一名
寡婦！

他是我帶回來的！

她剛才說什麼？

報告師父，她好像說：這個男人是她帶回來的……

對呀！他本來就是我帶回來的嘛！

帶個男人到房間裡還裝做若無其事！

知道妳老公的事嗎？

犯賤！！

長眉！千萬不能說出來！

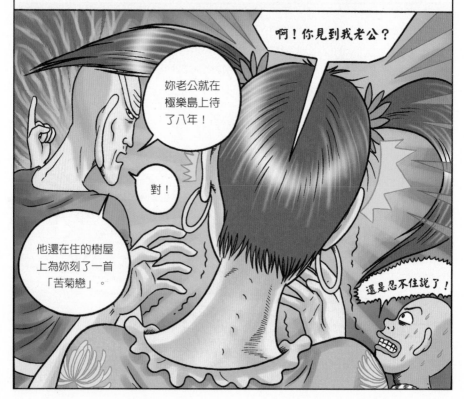

他現在
在哪裡？

他… 他… 他…

你老公，他…

艾迪生還活著！

天啊！天啊！

是不是要給我
意外驚喜！

他 他 他

不能再說啦！
她會受不了刺
激的！你別太
魯莽……

是你下令不准講，
結果自己關不住嘴
巴全都招了…

怎麼了？

你們是不是在
瞞我什麼？

我們沒有瞞著妳，只是還沒說而已。

閉嘴！

是

長眉！你敢動手打我這個弱女子，

為什麼不敢像個男子漢對我說實話？

我

憋住！

我

憋住！

我們逃出極樂島的時候遇上了火山爆發！

妳老公未能及時脫險沉入大海生死不明哪！

晴天霹靂

一分鐘前才得知失散八年的老公仍然活在世間⋯⋯

一分鐘後又被告知活在世間的老公已經魂斷浪濤⋯⋯

備受煎熬的冰火交集⋯

你將我推入了阿鼻地獄⋯

都是你們帶來的禍害！

還我的女兒！還我的老公！

給妳打幾下還裝暈？

大師父你真是有夠鐵石心腸！

她是受不了刺激，真的休克啦！

她是個無辜的受害者，

我必須對這件事負起責任。

趕緊把活寶之首和艾飛身上的活寶合體，將她的生命換救回來……

原來活寶之首已經成功帶回來了，就在這個小孩的手上！

我得伺機奪到手，嘿嘿嘿…

你們來晚了一步，艾飛已經被沙克·陽劫走了！

艾飛被劫？

沙克·陽要艾飛做什麼？

一定是左在操控著他！

嗚

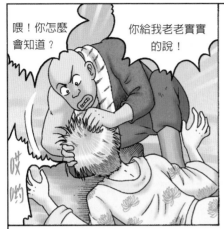

喂！你怎麼會知道？

你給我老老實實的說！

咦？你是…

我是書生小張，不認得我了嗎？

你幹啥把頭髮剪得這麼短？

我哪裡有機會說呀？

剛才你為什麼不吭聲？

你們一衝進來就打人…

你好大膽！趁我們不在時調戲艾寡婦！

真冤枉，

我是在幫她的傷口換藥，

她的肚子被沙克‧陽砍了一刀！

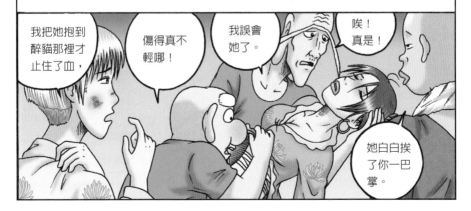

我把她抱到醉貓那裡才止住了血，

傷得真不輕哪！

我誤會她了。

唉！真是！

她白白挨了你一巴掌。

安份點！

沒有我的召喚你別亂出來嚇唬人！

Woo

咳咳咳

喘 喘 喘

烏龍院真是臥虎藏龍，竟然會有變身虎…

我得想個辦法分散他們的注意力！

我就用「調虎離山計」。

嘿嘿嘿…

現在怎麼辦？沙克‧陽會把艾飛藏到什麼地方？

我認為他還不至於離開太遠，

沒有活寶之首他綁走艾飛也沒有用處。

但是我們必須快點找到艾飛。

因為我在小師弟身體裡停留太久會損耗他的陽氣,甚至會變性……

變女生?

我才不要一個扭扭捏捏的小師妹,你最好趕緊離開他身體…

喔喲?

這盤子裡是蔥烤蘿蔔。

嗯!不錯吃…

沒有鯽魚我用蘿蔔代替了。

標準的江南口味……

先把她扶到床上躺下吧!

真後悔,不應該說出她老公的事。

太遲啦!她的脈膊微弱,心都碎了。

大雄！

小羊的咽喉被利爪割斷！

是熊嗎？還是野狼？

但是獵物都沒有被叼走，很像是瞬間遭到襲擊！

大雄傷得很重嗎？

胸口被斷木插入動脈恐怕…

快給牠止血！你要救牠！不能讓牠死……

吓！

牠斷氣了！

驚！

大雄！

好可怕,是什麼野獸殺的?

大雄死了艾寡婦會更傷心的。

真是禍不單行。

肥肥?

外面很危險快過來!

唔?

帶牠進屋子裡比較安全。

長得這麼胖當心被野獸吃了!

是我吃你吧!

會…說話?

把活寶之首交出來!

小師弟還在屋裡。

真麻煩！

拿來！

啊！
活寶之首！

就是那隻叫
肥肥的狗！
牠會變身！

別讓牠跑了！

還好沒
受傷。

幸虧你們及時
趕來……

你們快去追，
牠奪走了
活寶之首！

事情發生得太突然！

誰也沒有想到肥肥會是假的。

那張可愛的臉瞬間變成血盆大口……

簡直就是個怪物！

差一點呀！我的小師弟就沒命啦！

現在是敵暗我明危機四伏。

這個怪物會不會是沙克‧陽派來的？

決對不能讓他得逞！後果會很可怕的！

原本以為從極樂島回來事情就該結束，沒想到卻愈來愈複雜，為了活寶犧牲太多人的生命了。

我一定會找到沙克‧陽，把事情徹底做個了斷！

貼近地面愈能捕捉牠的腳印和氣味。

怎麼停下來了？

咦？

腳印不見了，氣味也沒了！

啊！小溪阻絕了行蹤?!

牠會往那一個方向逃逸呢？

白虎召喚
白虎聽令！

是！

叫白虎
出來去
追牠！

記得嗎？

命令你去
追剛才屋
內的那隻
肥狗！

EEE

打阿欠？
什麼態度呀！

如果抓到就把
肥滋滋的狗肉
賞給你！

We

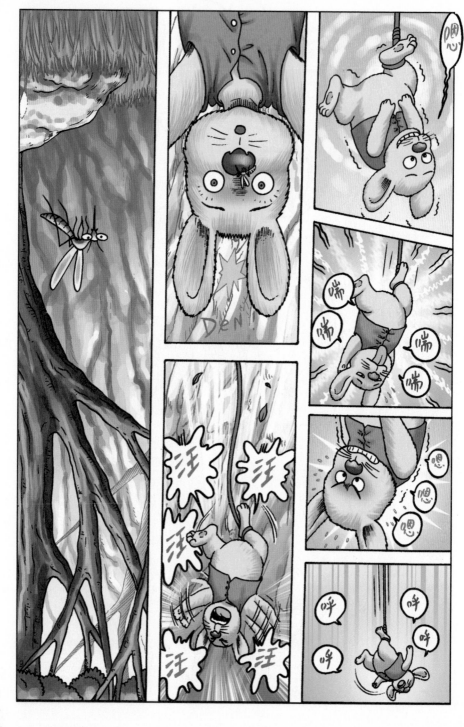

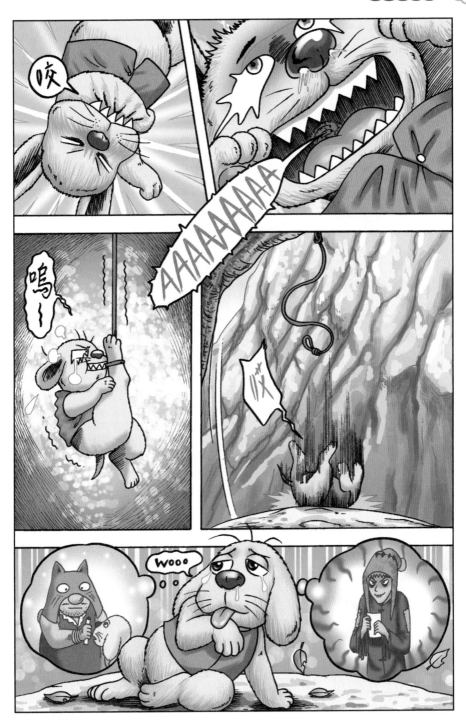

下集預告

　　眼前的小難尚未解決，身後的大災又迎頭痛擊。極樂島的海底火山口爆發，艾迪生生死未卜，烏龍院師徒好不容易回到苦菊堂，卻遭埋伏的沙克‧陽右護法有儉奪走「活寶之首」，烏龍院師徒能順利搶回「活寶之首」，救回被擄走的艾飛嗎？

　　另一方面藥王府張燈結綵，被活寶「左」附身的沙克‧陽返鄉參加老煉丹師七十歲壽宴，使得盛大的宴席滲入了緊張氣氛，就在此時，忽然傳來菌月蟲被盜的警鈴聲……

　　尋寶大戰峰迴路轉，預知詳情，請見下回分曉！

這張稿子是標準的「飆畫」！從下筆的第一根線條開始就中氣十足，信心滿滿！而且這張稿子是直接以墨線完成，沒有打草稿，線條由各種不同張力結合，也適當地把肌肉加以拉長誇大，畫這張稿子的時間是清晨四點，不是熬到四點才畫，而是睡到一半爬起來畫的，畫完之後又倒頭去睡，七點再起床時，看到桌上這張畫自己也嚇一跳！

哇實！誰畫的呀！這麼棒！

我八成也中了活寶之首的幻術……

很推崇「漫畫是超越現實的創作」這句話。

常常在別的漫畫或是電影裡看到「變身人」這樣的角色，吃了些奇怪的藥物或是被什麼外力刺激之後產生異變，比如像蜘蛛人這樣的超級漫畫明星。我也一直想在作品裡加入這樣的元素，可以產生很好的戲劇效果，但是又不能很隨便地讓大師兄變身成黑金剛，也不好把胖師父變身成河馬大俠，那會讓許多喜歡他們的讀者突然無法接受，反而造成了反效果。所以只能等待機會利用配角來做文章。這次就在有儉身邊安插了這一位叫做「狗子」的反派角色，他只要舔到誰的血就能變成誰的樣子，就像是複製DNA一樣，會帶給長篇連載漫畫更多的懸念……

喔！編輯善意地提醒我：「這是喜劇漫畫，千萬別搞得像《聊齋》！」

時報漫畫叢書 FT829

活寶 12

作　　者—敖幼祥
主　　編—林怡君
編　　輯—何曼瑄
美術設計—溫國群 lucius.lucius@msa.hinet.net
執行企劃—鄭偉銘
董 事 長—趙政岷
總 經 理
總 編 輯—李采洪
出 版 者—時報文化出版企業股份有限公司
　　　　　10803台北市和平西路三段二四〇號四樓
　　　　　發行專線—(〇二) 二三〇六—六八四二
　　　　　讀者服務專線—〇八〇〇—二三一—七〇五
　　　　　　　　　　　(〇二) 二三〇四—七一〇三
　　　　　讀者服務傳真—(〇二) 二三〇四—六八五八
　　　　　郵撥—一九三四四七二四時報文化出版公司
　　　　　信箱—台北郵政七九～九九信箱
時報悅讀網—www.readingtimes.com.tw
電子郵件信箱—liter@readingtimes.com.tw
法律顧問—理律法律事務所陳長文律師、李念祖律師
印　　刷—華展彩色印刷股份有限公司
初版一刷—二〇〇九年三月二十三日
初版三刷—二〇一七年三月八日
定　　價—新台幣二八〇元
（缺頁或破損的書，請寄回更換）

時報文化出版公司成立於一九七五年，
並於一九九九年股票上櫃公開發行，於二〇〇八年脫離中時集團非屬旺中，
以「尊重智慧與創意的文化事業」為信念。

ISBN 978-957-13-5006-6
Printed in Taiwan

咦？《活寶12》裡胖師父說自己跟大師父一起愛上的「相思夫人」到底是誰？還有許許多多不為人知的烏龍院祕話，《爆笑烏龍院》系列陸續大公開！

爆笑烏龍院

系列共計五集

除了豐富有趣的故事，還有「尋寶拼圖集集樂」活動喔！

翻頁看精彩試閱→

稟大人：賈相爺到！

唔！客人來了！

還好！保住了這一株。

我愛你！

哼！

啊！章大人，久違了！

賈相爺，您近來可好？

讓開！

閃邊！

章夫人氣色真好！

哪裡！哪裡！我剛運動過！

哼！

喲！大姐！
你瞧！

今兒個天
氣好像不
錯嘛！

哦！要向我
挑戰嗎？

那有什麼
了不起！

像你這樣的珠
寶，我嘴裡就
有好幾百顆！

我說大姐呀，

最近用玻璃冒
充的很多，您
可要當心點！

氣死我啦！

這臭娘們竟然用虎皮大衣來挑釁我！

阿章！

我也要一件虎皮大衣！

……

可是三隻老虎也不夠你做一件大衣呀！

你說什麼？

大人別傷心！

聽說最近城北餓虎崗有老虎出沒！

哦！真的嗎？！

可是本城沒有會抓老虎的人呀！

大人！重賞之下必有勇夫，倒不如……

嗯！好！就這麼辦！

貼出告示，重金聘請獵虎高手！

是！遵命！

欲知詳情，請見《爆笑烏龍院3》！

活寶

為感謝大家對於烏龍院系列作品的支持，自《爆笑烏龍院1》及《活寶11》起，每冊均會附贈四張「烏龍院復古卡」或「活寶戰鬥卡」讓喜愛敖老師作品的讀者搭配收集。

自《活寶11》開始，每收集兩張不同截角，貼在明信片上或裝入信封，並註明姓名、年齡、電話、住址、電子信箱，寄到「10855台北市和平西路三段240號三樓，時報出版社活寶活動收」即可獲得特殊限量贈品！
※贈品兌換期限自即日起至2009年7月31日止，依來函先後順序兌換，限量五百份，換完為止。

YA！

贈品截角
影印無效

活寶12

※實際贈品及活動時間，以時報悅讀網公告為主。www.readingtimes.com.tw
※時報文化出版公司保留活動內容更動及中止之權利。